ANTES DO ALVORECER

Caio Riter

ANTES DO ALVORECER

Caio Riter

Ilustrações de
Tiago Sousa

© Editora do Brasil S.A., 2017
Todos os direitos reservados
Texto © Caio Riter
Ilustrações © Tiago Sousa

Direção-geral: Vicente Tortamano Avanso
Direção adjunta: Maria Lucia Kerr Cavalcante de Queiroz

Direção editorial: Cibele Mendes Curto Santos
Gerência editorial: Felipe Ramos Poletti
Supervisão de arte, editoração e produção digital: Adelaide Carolina Cerutti
Supervisão de controle de processos editoriais: Marta Dias Portero
Supervisão de direitos autorais: Marilisa Bertolone Mendes
Supervisão de revisão: Dora Helena Feres

Coordenação editorial: Gilsandro Vieira Sales
Assistência editorial: Paulo Fuzinelli
Auxílio editorial: Aline Sá Martins
Coordenação de arte: Maria Aparecida Alves
Produção de arte: Obá Editorial
   Supervisão editorial: Diego Rodrigues
   Assistência editorial: Patrícia Harumi
   Edição e projeto gráfico: Julia Anastacio
   Editoração eletrônica: Julia Anastacio
Coordenação de revisão: Otacilio Palareti
Revisão: Andréia Andrade
Controle de processos editoriais: Bruna Alves

Dados Internacionais de Catalogação na Publicação (CIP)
(Câmara Brasileira do Livro, SP, Brasil)

> Riter, Caio
>   Antes do Alvorecer/Caio Riter; ilustração Tiago Sousa.
> – 1. ed. – São Paulo: Editora do Brasil, 2017. – (A sete chaves)
>
>   Bibliografia
>   ISBN: 978-85-10-06550-4
>
>   1. Ficção brasileira 2. Suspense - Ficção I. Sousa, Tiago. II. Título. III. Série.
>
> 17-04422   CDD-869.3

Índice para catálogo sistemático:
1. Ficção: Literatura brasileira   869.3

1ª edição / 6ª impressão, 2023
Impresso na Grafilar

Rua Conselheiro Nébias, 887
São Paulo, SP – CEP: 01203-001
Fone: +55 11 3226-0211
www.editoradobrasil.com.br

No ventre da noite, as coisas só
esperam e esperam a alvorada.
Antes dela, todo o impossível se
constrói e se torna desrazão.

C. C. Rethir

NO CEMITÉRIO

A LUA ESTAVA ENCOBERTA por nuvens espessas, que impediam que a claridade iluminasse os jazigos. Não fosse assim, Fred veria o túmulo aberto bem próximo ao corredor em que ele, Doug e Marcele se encontravam à espera dos outros dois colegas. Fred observava o portão de ferro entreaberto, tenuemente iluminado pela luz da lanterna.

– Será que eles vêm? – a voz de Marcele, meio trêmula, quebrou o silêncio do campo santo.

– Devem vir – falou Fred. – Se não aparecerem, o Osório perde a aposta.

O vento soprava insistente, apesar do calor da noite. Um uivo de cão ao longe tornava o cenário mais tétrico. Os três amigos se olharam, sabiam que não poderiam desistir. Não eles.

Nisso, ouviram as vozes sussurradas que se aproximavam pela calçada. Então, dois vultos assomaram ao portão. Pararam, como a procurar alguém. Fred acenou-lhes.

– Estamos aqui.

NO ESCONDERIJO

MEU NOME É FRED. Não, na verdade, meu nome não é este. Começa com F também, mas não é Fred. Fred é apenas um nome que inventei para que ninguém saiba realmente quem eu sou. Sei lá. De repente, a partir das coisas que vou relatar aqui, é capaz que alguém até possa adivinhar quem eu sou de verdade. Porém, sempre ficará a dúvida. E eu tenho medo. Tenho medo de que, se conseguir me safar desta, eles possam vir atrás de mim. Possam me encontrar. Não quero.

Assim, se minto o nome, sempre ficará a dúvida. Ficarão pensando: Ah, quem será que foi o guri que conseguiu escapar com vida daquela aposta perigosa?

O guri sou eu. Eu sei. E basta eu saber.

Só eu.

Só eu e meus amigos. O Doug e a Marcele. Se eles também tiverem conseguido se safar. A gente se perdeu na correria. Se perdeu.

O fato é que vivo numa cidade bem próxima da capital do Rio Grande do Sul. Moro em Alvorada.

Nasci e moro aqui até hoje. Gosto da cidade, embora em minha escola haja alguns colegas bem chatos e uns professores mais chatos ainda. Mas tem o Doug e a Marcele, que são diferentes. São pessoas do bem. São amigos leais. E tem também o professor Fausto. Ele dá aula de Filosofia. Aquelas aulas de fazer a gente pensar. A maioria dos meus colegas não gosta dessas aulas. Preferem aquelas em que a gente fica fazendo exercícios sempre iguais, exercícios que eu e o Doug e a Marcele achamos que não servem pra nada. Vai ver que foi por isso que nós ficamos amigos. Por gostarmos das mesmas coisas. Por curtirmos aulas em que a gente possa ficar pensando sobre a gente, sobre o mundo, sobre a própria existência.

O sor Fausto é tri.

As aulas dele são tri.

As aulas da professora Tatiani também são tri. Ela lê poemas pra gente e ajuda a gente a entender melhor aquelas coisas de metáfora. E tal. Metáfora, ela fala, é quando o autor quer dizer algo de uma forma menos usual. Ela adora usar essa palavra: usual. Ou seja, o cara que escreve o livro ou o poema, em vez de dizer as coisas como qualquer mortal diria, ele inventa uma forma mais tri. Cria uma imagem, como diz a sora Tati.

A gente chama a sora de Tati.

Ah, outra coisa que eu, o Doug e mais a Marcele gostamos também é de ler. Ainda mais se as histórias lidas forem de terror. Aquelas de fantasmas, de assombrações, de mortos que se esqueceram de morrer e ficam achando que são gente viva ainda.

Então.

É sobre isso mesmo que eu quero contar a quem encontrar essas folhas velhas. Tomara que eu possa contar tudo, tudinho mesmo, antes que esta caneta acabe. A tinta é pouca, eu acho. Aqui está meio escuro. Não dá pra ver direito. Só consigo ver um pouco, bem pouco, disso tudo que escrevo.

Como eu dizia, meu nome é Fred. Só que não é de verdade Fred. E nem o do Doug é Doug ou o da minha melhor amiga é Marcele. Não. Eu minto o nome deles que é pra ver se consigo proteger os dois. Tomara que estejam bem. Tomara que tenham conseguido fugir.

Eu não consegui.

Me escondi aqui neste depósito. Acho que isso aqui é um depósito. Só pode ser. Empurrei um armário pesado (foi bem difícil) e tentei trancar a porta. Tomara que tenha conseguido.

Tomara.

Aí, me enfiei num canto, coloquei um monte de caixas de papelão por cima de mim e comecei a escrever. Acho que a noite será longa, bem longa. Lá fora, por enquanto, só ouço o silêncio da cidade.

Só o silêncio.

Mais nada.

Mas deixa eu contar o que aconteceu e como é que eu vim parar aqui.

Tenho e não tenho medo. Acho que mais tenho do que não tenho. Afinal, qual é o guri de 13 anos que não sentiria um pouco de medo ao ter que passar a noite num lugar abandonado como este? Mesmo o mais corajoso dos homens teria. Mesmo o Wolverine teria. Acho. E isso que ele tem garras de aço. De aço não. De *adamantium*. Elas são indestrutíveis. Já eu não tenho nada. Nem garras, nem qualquer arma que possa me proteger caso eles me descubram aqui.

Deixa eu contar. Vai que esta caneta acabe. Vai que eles me encontrem. Vai que o dia demore demais pra raiar. Bah, e eu, que moro numa cidade chamada Alvorada, acho que nunca desejei tanto que a alvorada raiasse e um novo dia nascesse e eu pudesse voltar pra casa. Se pelo menos não tivesse deixado a mochila cair quando a gente se deparou com aquela coisa horrenda. Se pelo menos isso. E meu celular lá dentro. E mais água.

E o Doug? E a Marcele? Se eles escaparam, devem agora ter ido até a delegacia de polícia, ou devem ter chamado nossos pais, ou a vizinhança toda. Aí, eles vêm e eu me salvo.

Vou rezar pra isso.

Foi no cemitério que tudo começou. No cemitério antigo. A gente tinha vindo pra cá pra cumprir a tal aposta. Aposta que eu mesmo inventei. Vê se pode. Aqui de cima dá pra ver tudo. O olhar alcança até Cachoeirinha e Gravataí.

Bem, o certo é que eu apostei com o Osório. Apostei que a gente passava uma noite no cemitério. E quem conseguisse ficava com a foto do Arroio Feijó. O Doug e a Marcele ficaram me olhando meio apatetados quando eu falei a tal aposta. Meio que, acho, duvidando.

– No cemitério. À noite.

Eu acho que eu falei firme. Pelo menos tentei. E acho que devo ter convencido todo mundo de que a única saída era aquela: uma aposta. Meu avô diz que, quando surge algum problema, basta fazer uma aposta que tudo se resolve. Antes fosse, antes fosse.

E, depois que a gente deixou o Osório, o Doug riu meio nervoso, mexeu nos cabelos pra deixá-los bem desarrumados, que é como ele acha que ficam bonitos (na verdade, as gurias do nosso colégio, a gente estuda no Júlio, também acham), e disse:

– Cara (o cara era eu), tu pirou, foi?

Eu ri. Mas acho que ri um riso meio amarelo. Falei:

– Ah, tá, vai dizer que tu tá com medo? Medinho, é?

Claro que eu não confirmei pro Doug que tinha lá meus receios em visitar lugares onde os mortos descansam, ainda mais à noite. Vai que. Vai que alguma assombração aparecesse. Mas, confesso, jamais pensei que as coisas iriam acontecer como aconteceram. Jamais. Se alguém me contasse que passou por algo parecido, um pouquinho só parecido que fosse, eu não ia acreditar. Não ia mesmo. Por isso, melhor escrever. Melhor.

A Marcele ficou muda, me olhava apenas. Sei lá o que se passava na cabeça dela. Se tivesse adivinhado o que poderia ocorrer, talvez tivesse feito a gente desistir da ideia.

Mas não fez.

– Tá, então tá decidido. Hoje à noite a gente vai lá no morro do cemitério. Pelo menos dizem que à noite a visão da cidade é tri.

– Certo. Fechado – eu disse. E cada um de nós colocou sua mão em cima da mão do outro, feito os três (na verdade, quatro) mosqueteiros faziam no livro que a sora Tati tinha indicado pra gente ler.

"Um por todos e todos por um" era o nosso lema também.

• • •

Bem, mas o fato é que a história não começou bem, bem no cemitério, nesta noite de sexta-feira, sem lua no céu.

Começou alguns dias antes.

Foi assim: o sor Fausto trouxe um tema pra gente discutir. Há ou não vida após a morte? No que a gente acreditava afinal? Aí, uns foram dizendo umas coisas, outros foram falando outras: ressurreição, reencarnação, espíritos, alma de outro mundo, fantasmas, assombrações.

– E tem os zumbis – falou a Catarina.

A Catarina é uma guria toda tímida, fala pouco, sempre silenciosa, sempre andando sozinha pelos cantos, feito uma barata. E magra, toda magra.

Pois, quando a Catarina disse isso, todo mundo riu. O papo na aula era sério. Era para falar de vida pós-morte, e a Catarina vinha com aquele lero-lero de zumbis e tal.

– Zumbis são mortos-vivos – explicou ela, como se nenhum de nós soubesse, como se a gente nunca tivesse visto algum filme de zumbi ou o seriado *The walking dead*.

O Osório, aquele grandalhão metido a esperto, ficou rindo, debochando, dizendo que a Catarina era pirada.

– Tu tem um parafuso frouxo, guria – ele disse. E só parou de rir quando o sor Fausto pediu mais respeito e disse que a aula dele era lugar de liberdade, espaço onde qualquer um podia expor suas ideias e defendê-las.

E, enquanto o sor intimava o Osório, eu observei a Catarina. Ela ficou olhando pro Osório de um jeito muito estranho. Havia muita raiva nos olhos escuros dela. Acho que até meio avermelhados ficaram, tamanha era a raiva. No intervalo, quando eu comentei com o Doug isso, ele também notou. A Marcele disse que era bobagem nossa e tal. Aham, bobagem. A guria era mesmo pirada. Depois a Marcele, lá no cemitério, teve que concordar comigo. Pirada, piradinha.

• • •

A nossa cidade, na verdade, tem dois cemitérios. Dois. Não é que morra muita gente por aqui, não. É que tem o cemitério novo e o antigo. Um fica bem na frente do outro. E são separados apenas por uma avenida. Tem gente que brinca que, do cemitério, a gente tem a vista mais linda da cidade. Eu até acredito que tem mesmo, pois eles (os cemitérios) ficam bem no alto do ponto mais alto da cidade.

E é aqui que eu estou agora, no cemitério antigo. Não para olhar a paisagem, o brilhar das estrelas, a lua cheia ou a minguante ou o céu escuro sem lua como o de hoje.

Não.

Tudo aconteceu por causa de uma aposta.

De uma aposta.

E eu agora, escondido, mas ainda aqui.

• • •

Eu, o Doug e a Marcele – os três mosqueteiros de Alvorada –, a gente estava caminhando pela beira do Arroio Feijó. Tinha chovido muito uns dias antes e o arroio estava quase transbordando. A gente estava por ali porque a sora Tati distribuiu uns poemas e pediu que os alunos (nós e nossa turma, no caso) saíssem pela cidade a procurar lugares que pudessem ilustrar os poemas. Tipo assim: a gente recebia um poema (cada aluno recebia um diferente) e aí tinha que tirar uma foto de algum lugar (podia ser rua, praça, qualquer espaço) que, na opinião da gente, tinha a mesma "atmosfera do poema". A sora Tati adora falar em atmosfera do poema. Ela separa as sílabas de um jeito engraçado, parece até que está fazendo aquela tal de escansão (contar as sílabas de cada verso). Ela diz assim: at – mos – fe – ra – do – po – e – ma.

No início a gente ria. Agora já nos acostumamos. A sora Tati é bem legal. E os poemas que ela lê pra gente também. Mas aí, como eu tava dizendo, eu, a Marcele e o Doug resolvemos sair pela cidade juntos. O Doug recebeu um poema da Adélia Prado, uma poeta mineira. O poema falava que ela (ela não, o eu lírico. A sora diz que quem fala no poema não é o poeta, mas sim esse tal de eu lírico) morava numa casa em que o sol nascia todos os dias. Uma casa pintada de laranja. Lembro que o início do poema é assim (eu lembro porque curti muito o poema, muito mesmo):

Uma ocasião,
meu pai pintou a casa toda
de alaranjado brilhante.

Aí, o Doug resolveu tirar uma foto da Casa de Pedra. A gente foi lá, ela estava com o mato crescido, portão com cadeado. A gente nem sabia que o seu Moroco e a dona Sayuri tinham se mudado. A casa estava com um ar de faz-tempo-que-ninguém-mora-aqui e nem se via mais qualquer sinal do jardim que um dia ela teve bem ali na frente. A dona Sayuri era japonesa. E adorava plantar rosas. Havia rosas de todas as cores: rosa rosa, rosa azul, rosa vermelha, amarela e até de mais de uma cor na mesma flor. Ah, eu sempre achei aquela casa legal. Tá, sei, meio estranha também com a fachada de pedras picotadas e coladas, parecendo aqueles mosaicos que a minha mãe faz. E tudo laranja, bem alaranjado. Ah, e tem aquela cabeça de touro bem no alto da fachada. Uma vez meu pai me disse que quem construiu a Casa de Pedra (ou mandou construir, não sei bem) foi a família Feijó. Dizem que essa mesma família foi quem fundou nossa cidade. Sei lá. Dizem tantas coisas. Bem, o fato é que a casa estava abandonada mesmo. Tinha até um carro velho parado no jardim do lado esquerdo, o mato crescendo em volta. *Esconderijo bom pra bandido*, a Marcele falou.

Então, o Doug falou de a gente pular o portão e dar uma espiada, pois uma das janelas frontais estava entreaberta.

– Será que tem gente morando? – eu perguntei.

– Bem capaz – disse o Doug. – Isso tá abandonadão faz tempo.

E já foi se empoleirando no portão. Queria tirar a foto lá dentro, para que a fachada da casa ficasse mais visível, sem o muro alto da frente ou os matos. Mas ele parou. Parou quando a gente viu a porta se abrindo:

– O que vocês querem aqui?

Bah, nós amarelamos de medo. De susto. De surpresa.

Surpresa maior ainda quando a gente viu a Catarina saindo lá de dentro da casa. Ficou parada, olhar meio desconfiado, meio raivoso.

– O que vocês tão fazendo aqui? – ela insistiu na pergunta.

A Marcele foi a primeira a falar. O Doug meio paralisado em cima do portão. E eu sem saber direito o que dizer.

– Oi, Catarina. Tudo bem?

Mas a nossa colega não respondeu. Ficou só encarando a gente com modos de maus amigos.

– Sabe – a Marcele seguiu –, a gente veio aqui por causa do trabalho que a sora Tati deu. Aquele das fotos e dos poemas.

– E daí? – falou a Catarina, sem se mover da porta. Meio corpo pra dentro, meio corpo pra fora.

– Daí que o Doug queria fotografar a Casa de Pedra.

– Vão embora daqui. Não tem que tirar foto nenhuma – ela disse. – E desce do portão, seu idiota. Parece que virou estátua.

O Doug desceu.

– Vão embora – insistiu Catarina. E bateu a porta.

Aí a gente foi. O Doug tirou uma foto da fachada e nós saímos dali. Um tanto apatetados pelo encontro com a Catarina. Nenhum de nós sabia que ela morava ali. Quer dizer, devia morar. Senão não estaria lá dentro da casa. Ou estaria?

– Guria estranha – disse a Marcele.

– Vocês viram que ela tinha um livro na mão? – perguntou o Doug.

Não, eu e a Marcele não tínhamos visto nada. Vai ver que o Doug tinha conseguido avistar o tal livro por estar no alto, sobre o portão. Então, nosso amigo disse que era meio velho, capa toda preta, bem grosso. *Parecia uma enciclopédia daquelas velhonas que têm lá na biblioteca do colégio. Ou uma Bíblia. Sei lá. Mas que era grossão, ah, isso era.*

Na hora, a gente não deu muita atenção pro tal do livro ou pro fato de a Catarina estar na Casa de Pedra. Só depois, mais tarde, é que a gente se deu conta de que aquele era o livro. O livro que

Meu Deus, se a gente tivesse se dado conta, talvez nada disso tivesse ocorrido e eu, agora, poderia estar na minha casa, na minha cama, e não escondido aqui neste depósito (é um depósito isso, né? Acho que é.), louco de medo de que eles me encontrem. Foi a Catarina que os libertou. É claro que foi. Senão, por que ela estaria no cemitério? Por que teria dito aquelas palavras de chamamento? Feitiço. Acho, sei lá. Eles surgiram logo depois que ela proferiu aquelas palavras. As palavras do livro. Meu corpo arrepia. Medo ou frio?

Tá, daí a gente saiu da Casa de Pedra e fomos pro arroio. O meu poema falava de natureza, de rio, nada mais fácil de fotografar. Afinal, na nossa cidade, tem um arroio. Ele separa Alvorada da capital. A gente gosta de ficar por ali, conversando, sobretudo sentados naqueles brinquedos de madeira. Eu sempre ganho do Doug no jogo da velha. Sempre. Quer dizer, sempre, sempre não. Teve uma vez que a gente apostou um cachorro-quente. Aí, justo naquela vez, eu perdi. Acho que é porque tinha um lanche como prêmio. O Doug é um baita de um esfomeado.

Então, a gente estava andando pela beira do Arroio Feijó, eu queria escolher um lugar bem bacana pra fotografar. Na outra margem, um monte de arbustos e árvores parecia que se jogava sobre as águas do arroio, que até nem estavam tão sujas e fedorentas. Afinal, havia chovido um montão, como eu já falei. Eu preparei a câmera do meu celular. E justo no momento em que fui bater a foto, a Marcele disse:

– Olhem quem vem lá.

Eu e o Doug olhamos. Era o grandalhão do Osório e o Mauro Antônio, o cara mais fortão do Júlio. Ele faz musculação, é jogador de futebol, o gato das gurias. Até a Marcele acha ele bonitão. Eca.

Eles vieram na nossa direção e o Osório já foi dizendo que não era pra eu tirar foto nenhuma. Que o poema dele era de natureza e que quem ia fotografar o Arroio Feijó era ele e pronto.

– Tu entendeu, Fred? – ele disse, olho bem dentro do meu olho.

A gente ficou em silêncio. Eu e o Doug, acho, por raiva do tal do bobalhão do Osório. A Marcele, certamente, por estar encantada pelo Mauro Antônio, que ficou sorrindo um sorrisinho de boca de aparelho pra ela. Aí, não sei se por causa disso (afinal eu bem sabia que o Doug gostava da Marcele e tal), eu tirei coragem sei lá de onde e disse, tentando evitar que a minha voz tremesse:

– O arroio é tri grande. Cada um de nós pode tirar foto de um lugar diferente.

O Osório deu uma risadinha irônica de canto de boca e sacudiu o bigodinho que já começava a nascer e que, apesar de ridículo, pelo visto ele adorava. Olhou para o Mauro Antônio, se aproximou

mais de mim, ficou bem pertinho, queria me amedrontar. E conseguiu. Eu dei um passo pra trás. E ele disse:

— Tu não entendeu mesmo, né? Vou explicar bem devagarinho que é pra ver se tu entende agora: ninguém mais vai tirar foto nenhuma do arroio. Só eu. Sacou?

Eu não disse nada. Nem o Doug. Nem o tal do Mauro Antônio, que parou de sorrir pra Marcele e se aproximou da gente. Ele era fortão, lembram que eu falei isso? Então. Fortão e metido a corajoso, tipo o Osório. Aliás, os dois adoram se envolver em brigas e tal. As gurias curtem essas demonstrações de valentia. As bobonas, claro. As legais, feito a Marcele, embora achem o Mauro Antônio todo bonito, não gostam muito deste lado valentão dele.

Nem eu.

Muito menos agora que ele tava ali do lado do Osório, pronto pra ajudar o amigo a me convencer de que só ele, apenas ele, e mais ninguém, fotografaria o arroio.

Aí, eu falei assim:

— *Se todos os rios são doces, de onde o mar tira o sal?*

E o Osório:

— Que que é? Ficou louco? Tá achando que é a Catarina, lelé da cuca? — e riu gargalhada gorda, debochada.

Eu não me deixei intimidar (quer dizer, não deixei que ele percebesse que eu tava intimidado, amedrontado, apavorado) e expliquei:

– É o primeiro verso do poema que tenho que fotografar. Poema do Pablo Neruda. Conhece?

– Que conhece o quê? – o Osório falou. – Vai procurar outro rio. O arroio vai ser do meu poema.

– e aí tirou do bolso um pedaço de papel (junto saiu um chiclete, duas balas de iogurte, uma caneta e um lenço de papel usado). Estendeu o pedaço de papel pra mim. Disse que era o poema dele, aquele que ele tinha que fotografar. Leu (meio gaguejante, meio sem ritmo, sem emoção, sem nada. Bem diferente de como a sora Tati dizia que a gente devia ler poesia.).

Leu.

Creio no mundo como num malmequer,
Porque o vejo. Mas não penso nele
Porque pensar é não compreender...

O mundo não se fez para pensarmos nele
(Pensar é estar doente dos olhos)
Mas para olharmos para ele e estarmos
de acordo...

Eu não tenho filosofia; tenho sentidos...
Se falo na Natureza não é porque saiba
o que ela é,

Mas porque a amo, e amo-a por isso
Porque quem ama nunca sabe o que ama
Nem sabe por que ama, nem o que é amar...

Aí falou que o poema era de um tal de Fernando Pessoa (disse bem assim, "de um tal de Fernando Pessoa". O ignorante, pelo visto, não prestava mesmo atenção às aulas da sora Tati, senão saberia que o Pessoa era um dos maiores poetas portugueses), que o poema falava de natureza e que o arroio era natureza e que, se o arroio era natureza, ele ia fotografar o arroio. Só ele e mais ninguém, que ele estava precisando de nota na aula da sora Tati. E pronto. E pensei em dizer para ele que, embora no poema aparecesse a palavra *natureza*, ele não tratava de natureza, mas sim do sentimento do amor. Porém, era difícil, muito difícil de convencer o Osório de alguma coisa. Ele é do tipo cabeça-dura. Bom, foi aí que eu falei, sei lá de onde tirei aquela ideia maluca. Falei bem assim:

– Então vamos fazer uma aposta.

O Doug e a Marcele me olharam: que ideia era aquela? Pareciam me perguntar com a cara apalermada.

– Uma aposta? – o Osório perguntou.

– Aham – eu disse.

Aí o Mauro Antônio falou:

– Bah, eu adoro uma aposta, um jogo. Tri isso.

E o que o Mauro Antônio disse acabou impedindo o Osório de fugir da tal aposta que eu iria propor e que nem bem sabia que aposta seria.

– Diz aí o que tu quer apostar – o Osório falou.

E então me lembrei do cemitério lá no alto da cidade. E disse bem assim:

– Aquele de nós que passar uma noite no cemitério poderá tirar a foto do Arroio Feijó. Fechado?

O Osório gargalhou. Que aposta mais idiota é essa? E eu, meio me sentindo o cara, enfrentei o Osório. Desafiei.

– Tem medo de alma penada?

E um silêncio se fez: o Mauro Antônio, a Marcele e o Doug só observando a gente e esperando para saber o que aconteceria então.

– Medo? Eu?

– Aham. Você – nem eu sei de onde tirei tanta coragem.

Osório estendeu a mão:

– Feito – disse.

E eu apertei a mão dele.

– Feito – eu respondi.

– Sexta-feira, à meia-noite, a gente se encontra no portão do cemitério antigo. E vocês – disse o Osório, virando-se pros outros – serão nossas testemunhas. Vamos os cinco pro cemitério. Os cinco.

– Certo. Sexta-feira. No cemitério antigo. Os cinco – eu repeti, embora soubesse que a Marcele e o

Doug iam querer me matar. E quiseram mesmo. Mas, ora, a gente era os três mosqueteiros de Alvorada. Um por todos e todos por um. Com cemitério ou sem cemitério, foi o que eu falei pra eles, depois que o Osório e o Mauro Antônio se foram, rindo da nossa cara.

Sei lá, mas passou pela nossa cabeça (minha e dos meus dois amigos) que era bem provável que aqueles dois aprontassem alguma pra gente. Aí, o melhor mesmo, falou a Marcele, é a gente se precaver.

Eu:

– Se precaver como?

Marcele:

– Ah, sei lá. Vai que os caras resolvem encher o saco da gente lá no cemitério.

Eu:

– Encher como?

Marcele:

– Ah, Fred, se eu soubesse, aí juro que te avisava. Ora, encher o saco, aprontar alguma. Esses dois só vivem pra isso mesmo.

Doug:

– Olha, acho que a Marcele pode mesmo ter razão.

Eu:

– Tá, então vamos pensar em algo pra gente se proteger, se alguma coisa acontecer. Mas o quê?

27

NO CEMITÉRIO

– AH, ENTÃO VOCÊS vieram mesmo – disse Osório, entre admirado e incrédulo. – Agora é ver se terão coragem de passar a noite aqui.

Fred olhou para o colega. Atrás dele, logo atrás, o Mauro Antônio estendia os olhos pelos arredores. O escuro do cemitério só permitia que se vissem em virtude da luz da lanterna. Aliás, ótima ideia da Marcele. Sem a lanterna, Fred duvidava que conseguiriam se deslocar dentro do campo santo.

– Pois sabe que eu pensei que vocês é que não viriam? – falou Fred, desafiador. Sabia que o Osório era meio metido a valentão, ainda mais com o Mauro Antônio ao lado dele. Mas ali, depois que o Osório aceitou a aposta, Fred estava se sentindo meio igual a ele. Não tinha como ser diferente. Eram aliados naquela aposta. Não podia, pois, demonstrar qualquer receio. Um leve tremor na voz que fosse (Fred sabia) só faria Osório se sentir mais poderoso. Não, isso ele não faria. Não deixaria o abobado do Osório vencer aquela aposta. No máximo, um empate.

No máximo.

Então. Ouviram um grunhido estranho.

– Vocês ouviram isso? – perguntou Doug. – Ouviram?

– Aham – respondeu o Mauro Antônio.

E os cinco, por instinto de proteção, talvez, formaram um pequeno círculo, um de costas para o outro, à espera de algo que não sabiam bem o que era. Doug procurou a mão de Marcele e ficou feliz quando ela segurou a dele e a apertou com força. Estavam unidos. Mesmo sem se olhar, mesmo que os olhos só quisessem procurar no escuro o autor daquele grunhido.

O vento a farfalhar as poucas árvores do cemitério antigo. Um bater de asas sobre a cabeça deles.

– Ah – disse o Osório –, era só uma coruja.

NO ESCONDERIJO

OLHA, EU CONFESSO bem confessado que não tinha a menor ideia do que poderia ocorrer à meia-noite de sexta-feira no cemitério abandonado. Aliás, nem sei por que inventei aquela aposta. Já tava começando a me arrepender. Todavia (acho essa palavra tribonita), como é que eu iria me livrar daquele abobado que não queria me deixar fotografar o arroio? Na hora, pensei no meu avô. O vô Pérsio adorava apostar tudo. Sempre. Vivia dizendo pra mim e pros meus primos, quando a gente ia brincar na praça João Goulart (isso, claro, quando a gente ainda era guri, guri pequeno, não guri grande como somos agora. Meus primos moram na capital. Só o Leonardo é que mora aqui em Alvorada. Mas a gente se vê pouco agora. Não sei direito o motivo. Tá, mas isso não interessa, eu tava era dizendo o que o meu vô Pérsio dizia pra gente.). Retomando: o vô falava assim: *Aposto que vocês não conseguem subir naquela árvore. Aposto que eu ganho de vocês, se fizermos uma corrida até os balanços. Aposto que eu balanço o meu balanço mais alto que o de vocês.*

Aposto que vai chover. Aposto que hoje a vó de vocês fará ambrosia de sobremesa. E ficava apostando. E se a gente perdesse, aí ele sempre queria que eu e meus primos pagássemos uma prenda: declamar um poema, dizer um trava-língua, dar dez pulos num pé só, oferecer ao vô a nossa fatia do bolo de fubá que a vó fazia à tarde. E por aí ia. Acho que foi com o vô que acabei gostando de apostar. E foi por isso que acabei apostando com o Osório que a gente passaria uma noite no cemitério abandonado.

Apostei. Fazer o quê?

Aposta é aposta.

Claro que, quando eu disse aquilo pro Osório, jamais pensei que ele fosse aceitar. E nunca desconfiei que tudo isso pudesse estar acontecendo. A noite lá fora está escura, bem escura. O silêncio é grande, pesado. Por onde será que andam a Marcele e o Doug?

Por onde?

Minhas pernas cansam. Meus olhos também. Mas sigo escrevendo. É só isso que posso fazer. Tomara que esta caneta tenha bastante tinta ainda. Tomara que o sol nasça logo. Tomara que eles não me encontrem aqui. Tomara.

De vez em quando, me vêm à mente as palavras da Catarina, os olhos da Catarina. Bah, se alguém me contasse isso que estou vivendo, eu ia achar que tava curtindo com a minha cara.

Mas fui eu mesmo que vivi.

Eu mesmo que vi.

Vi com estes olhos que a terra há de comer, como falava o vô Pérsio.

Eu sou o Fred. Frederico Freitas Feijó. Três F. Mas poderia ser também Frederico Odorico. Dois icos. Fico inventando nomes pra mim. Nomes completos. Frederico Gusmão Hernandez. FGH. Falta o I. Frederico Gonçalves Heleno Inácio. Falta o J: Freddy Guttemberg Hindu Israel Javier.

E o tempo demora.

Aí fico pensando no Doug. No amor do Doug pela Marcele. Ele gosta dela. Gosta desde sempre. Desde que a gente ainda tava no 1º ano, lá dos pequenos. Todavia (eu já disse que acho essa palavra trilegal?), ele não fala pra ela, não diz nada. Só fica com ciúmes quando ela comenta que algum outro guri é bonito, é legal. Eu, às vezes, até acho que ele deveria dizer a ela que gosta dela e eles namorarem e tudo o mais. Outras vezes, acredito que, se o Doug e a Marcele forem namorados, nossa amizade possa ficar meio estranha. O fim dos Mosqueteiros de Alvorada. Bah, imagina. Nem pensar.

Melhor que não namorem mesmo.

Melhor.

Bom, daí a gente saiu do arroio meio pensando na aposta e tal. O Doug perguntando se eu teria coragem de ir ao cemitério na sexta à noite. E eu dizendo:

– Nós, né, Doug? Lembra o que o Osório falou? Cada um com suas testemunhas. E vocês são as minhas.

A Marcele riu. Disse que aquilo era bem coisa de guri: se desafiar pra ver quem não tinha medo (ou quem tinha mais medo) de ficar entre túmulos durante uma noite inteirinha. Daí disse que era bom preparar uma mochila com algum lanche, com água e, claro, uma lanterna.

– Lanternas são sempre úteis quando a gente está em lugares escabrosos – riu ela.

E eu agora me pergunto onde, afinal, foi parar a mochila quando a gente saiu correndo. Lembro que eu corri em direção ao portão. Porém, quando cheguei lá, ele tava trancado. Forcei, forcei e nada. Olhei pra trás, pensando que ia encontrar a Marcele e o Doug ou o Osório e o Mauro Antônio. Mas não vi ninguém. Aliás, vi sim. Uma sombra que se arrastava em minha direção. Era uma daquelas criaturas. E ela vinha atrás de mim.

Corri.

Enveredei por um dos corredores, tentei me esconder atrás de um jazigo mais alto. O coração quase estourando na boca. Queria pedir socorro, queria gritar, queria saber onde o Doug e a Marcele haviam se enfiado.

Será que uma daquelas criaturas tinha conseguido alcançá-los? Passei a mão na testa: suor frio.

Ouvi um grunhido estranho, um arrastar de pés. Corri de novo, enveredei mais para o fundo do cemitério.

Mal sabia eu o que me esperava.

• • •

Meu nome é Fred. Ou talvez nem seja. O certo é que escrevo isso mais pra não pirar, pra não ficar malucão com tudo o que tá acontecendo do que pra que alguém leia. E se alguém ler um dia, talvez até pense que eu pirei mesmo. Mas não. Eu vi tudo. Eu vivi tudo. Vivi não, estou vivendo. Agora, bem neste momento.

Acho que ouvi um grunhido.

Depois um grito. Meio agudo. Grito de guria. Grito da Marcele.

Será?

Saio do meu esconderijo, me esgueiro até a frágil porta. Afasto um pouco o armário, tentando não fazer ruído. Espio por uma fresta. Vejo apenas escuro e silêncio.

O jeito é esperar a alvorada. E escrever. Até enquanto esta caneta durar, até enquanto eu tiver algum papel para registrar o meu medo.

• • •

– Eu ainda tenho que tirar a minha foto – disse a Marcele, depois que a gente saiu das margens do arroio. – Vamos lá na praça.

— Na João Goulart ou na da prefeitura? – o Doug perguntou.

— Na João – ela respondeu, e a gente se foi pelas ruas da cidade, falando das aulas da sora Tati e da criatividade dela de fazer a gente ilustrar os poemas com fotos da nossa cidade. As aulas da sora eram bem legais. Eu, pelo menos, achava. Gosto de poemas. Gosto de livros. O Doug não curte muito, mas faz as atividades e tal. A Catarina, um dia, disse que poemas legais eram os do Augusto dos Anjos, que falava de mortos e de coisas abjetas. Ela disse assim: Abjetas. Eu nem sabia o que aquela palavra significava. Acho que nem eu nem nenhum outro colega da sala. E aí, a Catarina declamou um poema que tinha um trecho que dizia assim (eu sei, porque mal cheguei em casa e fui pesquisar no Google o que era abjeta e quem era aquele tal Augusto do Anjos, que de anjo parecia só ter mesmo o nome).

Já o verme — este operário das ruínas —
Que o sangue podre das carnificinas
Come, e à vida em geral declara guerra,

Anda a espreitar meus olhos para roê-los,
E há-de deixar-me apenas os cabelos,
Na frialdade inorgânica da terra!

Terrível, né? E ao mesmo tempo muito lindo. Como é possível isso: um tema abjeto cheio da beleza das palavras? Essa é uma pergunta não minha. Pergunta da sora Tati, depois que a Catarina declamou o poema. Os olhos meio iluminados, até pareciam molhados de lágrimas, ficaram circulando pela sala até pararem no rosto do Osório, que soltou uma gargalhada.

– Cômico, cômico – ele ficou repetindo.

E o Mauro Antônio riu também. Riso que ficou meio paralisado, quando os olhos da Catarina se desviaram do rosto do Osório, todo avermelhado de tanto rir, e pararam no rosto do Mauro Antônio, que baixou os olhos, acho que meio constrangido, sei lá.

– Cômico – disse, mais uma vez, o Osório.

– Um dia, tu ainda se arrepende disso tudo – falou a Catarina. E sentou-se, os olhos fulminando o Osório.

A sora Tati chamou a atenção dele. Disse que ele tinha que respeitar mais os colegas. Falou também que a declamação da Catarina tinha sido muito linda e seguiu falando essas coisas que os professores falam quando querem contornar uma situação.

Aí, o Osório olhou para mim e disse que aquele era um bom poema pra gente declamar no cemitério à meia-noite. E contou pra turma toda a nossa aposta.

– Sério? – disse a Manuela, uma loirinha de cabelo bem crespo, que eu acho a mais linda de todas as lindezas da nossa escola.
Eu estufei o peito e falei:
– Sério, bem sério.
– Nossa – ela falou.
E o papo ficou por ali mesmo. Entre sérios e nossas. A turma toda querendo saber em que sexta-feira aquilo ocorreria.
– Na próxima – disse o Osório.

• • •

Quando eu, o Doug e a Marcele chegamos à praça, havia um monte de gente por ali. Era tarde de sol, depois de uns tantos dias de chuva. Ela disse que o poema dela falava sobre crianças e que o melhor lugar para fotografar crianças era mesmo ali na praça João Goulart, bem no centro da cidade. A prefeitura lá do outro lado da rua e um tanto de camelôs vendendo seus produtos. Enquanto a Marcele e o Doug escolhiam o melhor ângulo pra fotografar, eu fui até os camelôs pra comprar uma lanterna. Sexta-feira estava chegando. E o cemitério esperando. Me lembrei do vô Pérsio, de novo, quando ficou batendo em mim o desejo de desistir daquela aposta, que eu já começava a achar meio ridícula: *Depois que a aposta foi feita, que as mãos foram apertadas* (e eu tinha apertado a mão do

Osório selando o acordo), *não se pode voltar atrás. Palavra dada é palavra a ser cumprida.*

Então.

Comprei a lanterna. E umas pilhas também.

Afinal, a aposta era séria. Séria, bem séria. É, de fato, não havia como desistir. O jeito era mesmo subir a colina na sexta-feira e enfrentar o escuro do cemitério. E, depois, eu não estaria sozinho: o Doug, a Marcele, o Mauro Antônio e o Osório iam estar lá também. O que poderia ocorrer? Bah, nada. Eu não sou guri de acreditar em alma penada. Pelo menos, não era.

Até.

Até que.

E, ao voltar para a praça, vi, sentada num dos bancos, a Catarina. Ela copiava alguma coisa de um livro. Pensei que poderia ser o livro que o Doug viu na mão dela lá na porta da Casa de Pedra. Devia ser. Mas, se ela tinha o livro, por que será que copiava partes dele? Fiquei com vontade de me aproximar, apesar de saber que a Catarina não era guria de muitos bons bofes.

– Oi, Catarina.

Ela pareceu levar um susto. Fechou rápido o livro (mas eu consegui ler a palavra *mortos* na capa) e guardou rápido no bolso a folha em que estava fazendo anotações.

– Que é? – ela perguntou.

– Tá lendo?

– Tu não tá vendo?

É, de fato, a Catarina não tinha desejo algum de amizade. Ou, talvez, tenha percebido que eu me aproximei só por curiosidade mesmo.

– Estou. Lendo o quê?

– Um livro.

– Qual o título?

Aí, ela se levantou. *Não interessa*, disse e se afastou.

• • •

Doug:

– Bah, virou amigo da piradinha?

Eu:

– Nada a ver. Tava só perguntando sobre o livro de capa preta.

Doug:

– Viu? Eu disse que ela tinha um livro. Guria estranha essa.

Eu:

– Bem estranha. Quando eu cheguei, ela fechou o livro. Não me deixou ver. E estava copiando umas partes dele.

Doug:

– Sinistro.

Eu:

– Muito sinistro. Mais sinistro ainda é que o título tem a palavra *mortos*.

Doug:
– Mortos?
Eu:
– Aham. Mortos.

• • •

Mas só no outro dia, no pátio da escola (a gente já indo pra casa, que as aulas haviam acabado), a Marcele me chamou e me mostrou algumas fotos que ela tinha tirado com o celular enquanto tava vindo pra escola, cedo, bem cedo, pela manhã. Eu olhei e disse que ficava mais fácil de eu ajudá-la a escolher se ela me dissesse qual era o poema dela. Aí, ela tirou da mochila o caderno e, quando ia ler pra mim, foi que levamos o susto.

A Catarina parou bem perto da gente, tão perto que a gente até pôde sentir o hálito quente dela. E disse assim:
– Vou dar um aviso, um só. Melhor não irem ao cemitério na sexta. Melhor.

E ficou nos olhando, acho que esperando que a gente dissesse algo, tipo que concordávamos com ela, que não iríamos, que o Osório era um abobalhado da enchente e que iria ficar lá, sozinho, só ele pagando a idiota da aposta. Bom, se a aposta era idiota, maior idiota era eu que a tinha proposto. Todavia (olha o todavia de novo) nós não falamos nada. E ela ficou nos olhando, nos intimidando.

– Depois não digam que eu não avisei – ela falou, deu as costas e se foi, caminhando rápido, quase correndo, livro apertado contra o peito.

– Cruzes – disse a Marcele.

– Eu não disse que essa guria é bem estranha? Não disse? – ficou o Doug repetindo.

E eu, que mais podia dizer senão:

– Bah, bem estranha.

Só que, apesar daquele encontro inusitado, daquela postura abjeta (ah, deixa eu explicar para quem não sabe o que quer dizer abjeta. Abjeta é uma coisa desprezível, uma coisa meio baixa. Não que a atitude da Catarina tenha sido desprezível, na verdade, agora entendo.), ela até gostava da gente e queria nos livrar deste horror que estamos – estamos? Ou só eu é que estou? – vivendo aqui neste cemitério. A Catarina avisou, mas a gente desprezou seu aviso. E agora.

Agora.

Sei lá. Quero mais é que o dia amanheça. Que a nossa cidade mais uma vez faça jus ao seu nome e alvoreça. Nunca desejei tanto, nestes meus 13 anos de vida, que o sol brilhasse lá no céu, acabando com o escuro e trazendo, de novo, alguma esperança. Embora o medo de que algo não bom tenha ocorrido com o Doug e a Marcele (e até com o Osório ou com o Mauro Antônio) fique me apertando o peito.

E se eu gritar?

E se eu berrar bem alto, o mais alto que meus pulmões permitirem, será que alguém me ouve?

Vai que há algum vigia por aí, algum policial circulando pelas redondezas, algum mendigo dormindo na calçada. Vai que.

Mas não grito.

Temo que quem possa ouvir sejam as criaturas renascidas.

Um arrepio percorre meu corpo.

Ouço um arrastar de pés. Um não, vários.

E alguém força a porta.

Eles me acharam. Me acharam. Paro de escrever. Melhor me encolher mais no fundo. Melhor. Queria agora os olhos da Manuela pousados em mim. E os meus dois amigos aqui, é claro.

• • •

Aos poucos o silêncio volta. Acho que só escuto agora um pio de coruja. Mais nada.

Aí me lembro da aula do sor Fausto, aquela em que a Catarina ficou falando de zumbis. E eu que achava que morto-vivo era apenas coisa de filme ou de livro, ou de seriado, sei lá, descubro que tava enganado, bem enganado.

A Catarina ficou dizendo na aula que zumbis existiam sim. Eram mortos-vivos que voltavam por algum motivo. Talvez quisessem vingança, ela disse, olhando bem firme para o Osório.

– Nossa, que medo de encontrar um zumbi – ele disse, rindo e olhando para a turma, esperando que todos os colegas rissem também. Alguns riram; outros ficaram quietos. A Catarina falava com tanta convicção que a gente via que ela acreditava em tudo aquilo.

E o Osório seguia com a brincadeira. Acho que queria mesmo era expor a Catarina, debochar da guria.

– Ah, pessoal, vocês sabiam que Papai Noel existe também? Ah, e Coelhinho da Páscoa – aí ficou cantando aquela musiquinha do Coelhinho em que a gente pede um ovo, dois ovos, um tanto de ovos assim. Mais gente riu.

Então, a Catarina elevou a voz, quase gritou, o que fez todo mundo ficar quieto. Até o Osório. O sor Fausto pediu mais organização na sala. Disse que o papo era vida pós-morte e coisa e tal. Mas a Catarina parece que nem ouviu a fala do sor, foi explicando, num tom de voz meio tétrico, que um zumbi é um ser humano dado como morto, que, depois de sepultado, voltou à vida, saiu da tumba, reanimado por meios desconhecidos. Disse também que os zumbis voltam à vida, segundo acredita-se no vodu, invocados por alguém, a fim de realizar uma vingança.

– O cérebro deles está morto. Mortinho da silva, assim como eles. Por isso, eles caminham se arrastando, só motivados pela vingança. Os humanos são suas presas.

Falou aquilo e ficou aguardando que alguém dissesse alguma coisa. Porém, ninguém comentou nada. Até o sinal bater e o sor Fausto nos liberar para o intervalo.

Aquilo aconteceu alguns dias antes da sexta-feira.

Da sexta-feira da aposta.

NO CEMITÉRIO

OSÓRIO SUGERIU QUE ficassem juntos. Era a melhor forma de saber se a aposta havia sido cumprida pelos dois. Fred concordou. Que mais podia? Sentaram-se aos pés de um jazigo do corredor principal, aquele que iniciava no grande portão de ferro.

— E pensar que isso aqui tá cheio de mortos. Esqueletos — disse o Mauro Antônio, olhos apertados de míope que quer ver longe e não consegue.

— Será que os Feijó têm jazigo aqui? – perguntou Doug. – Eles foram os fundadores da cidade, não? Devem ter o corpo enterrado por aí. Que acham de a gente procurar?

Ninguém respondeu. Pelo visto, pretendiam ficar ali, aguardando o alvorecer do sábado. Melhor assim, sem risco algum.

— E o que a gente vai fazer para passar o tempo? – a Marcele perguntou. Mão ainda na mão do Doug.

— Eu sugiro contar umas piadinhas. Eu sei uma tri-boa de papagaio – disse o Osório.

— Melhor contar histórias de terror. Tem mais a ver com o clima – falou Fred, olhos no rosto dos outros.

– Fechado – disse o Osório.

– Eu começo – falou o Fred. E, então, com voz pausada, começou a contar a sua história:

– Dizem que há muito tempo, aqui em Alvorada, os Feijó fixaram residência. Foram eles os fundadores da cidade. Pois contam que, numa noite de lua toda cheia, os cachorros latiam ferozes. Aí, o velho Manuel Feijó se armou e saiu para o pátio. Tal foi o seu espanto quando se deparou com uma mulher toda de branco parada em frente à porta. Ela o olhou com olhos vazios de vida e disse que uma maldição cairia sobre a sua casa, pois ela tinha sido construída sobre um túmulo. Não um túmulo comum. Na verdade, sobre o túmulo de um touro. O velho riu. *Que sandice é essa, mulher?*, perguntou ele. E a mulher seguiu dizendo que, quando bem pequena, seu pai havia lhe presenteado com um novilho. O bicho foi crescendo e ela se afeiçoando ao animal, que virou um lindo touro. Porém, por estas coisas da vida, o bicho ficou doente, pegou uma peste qualquer e morreu. *Quanta bobagem*, disse o velho Feijó. Aí, a mulher de branco disse que ou o velho Feijó derrubava aquela casa e se ia dali ou colocava na parede frontal a cabeça de um touro. Seria uma homenagem ao seu animal que morrera. *Vai-te embora daqui, mulher atormentada*, gritou o velho. A mulher riu, riu muito. Disse que não pertencia mais a este mundo e que, se o velho não cumprisse o que ela pedia, se arrependeria demais. O velho Manuel Feijó, que era homem bem valente, então, disparou a arma na mulher. E nada. Ela seguia ali, mirando-o, com olhos, agora, de poucos amigos. *Você é homem violento, disse ela. E, por isso, seu fim não será bom.* E, dizendo isso, a mulher sumiu, evaporou-se, deixou apenas um forte cheiro de enxofre atrás de si.

– Nossa – murmurou Marcele, aproximando-se mais de Doug. O calor do amigo pareceu confortá-la. A noite seguia escura, mal e mal o luar furava as nuvens lá em cima. Um vento forte balançou as árvores. Fred seguiu:

– Então. Qual não foi a surpresa da esposa do velho Feijó ao ver o marido voltar para dentro de casa. Ele estava pálido, silencioso. O fato que contam é que, no outro dia, o velho amanheceu com uma mancha estranha no peito, mancha que ele não mostrava pra ninguém, mancha vermelha que formava a cabeça de um touro. E é por isso que a Casa de Pedra dos Feijó tem aquela cabeça de touro encimando a parede frontal. Contam isso, os mais velhos contam.

– Eu nunca tinha ouvido essa história – disse o Doug.

– Meu vô Pérsio é quem contava – respondeu Fred. – Bah, imagina se a mulher de branco aparece por aqui?

E nem bem terminou de falar, Fred viu um vulto parado no portão do cemitério. Olhem lá, ele apontou. Os colegas viram uma pessoa parada. Era uma mulher, o vento ventava sobre seus cabelos escuros. Eles se encolheram, quando ela começou a avançar. Porém, estava tão absorta que não os notou. E não era alma de outro mundo, logo perceberam, pois trazia uma lanterna na mão.

Uma lanterna que iluminava o caminho.

E o livro grosso em suas mãos.

E as palavras do livro.

Palavras que chamavam à vida os mortos.

A mulher, na verdade, depois eles viram, era uma jovem. Uma garota bastante conhecida deles: a Catarina.

NO ESCONDERIJO

OS PASSOS SE AFASTARAM de novo. O silêncio voltou. Fico me perguntando se era grito de um dos meus colegas ou se era apenas algum ardil daquelas criaturas para que eu, tentando salvar meus amigos, saísse de meu esconderijo. Esses seres são cheios de manhas e artimanhas, o vô Pérsio sempre dizia isso ao contar suas histórias de medo. E o pior é que, se eu sair dessa com vida e contar essa história pra alguém, aposto que não acreditarão. Aposto.

Quer dizer, não aposto nada. Acho que durante um longo tempo não vou querer saber de apostas. Aliás, se o Osório tivesse ficado calado, se não tivesse desafiado a Catarina, de repente nada de mal teria ocorrido. Mas ele não pôde ficar quieto. Ao percebermos que o vulto no cemitério era ela, o Osório levantou-se e foi ao encontro dela.

– Olha só quem anda por aqui invocando seres do além.

Quando a Catarina o viu, voltou-se furiosa. O livro caiu no chão, aos seus pés, e ela, rosto transtornado, iluminado pela luz difusa da lanterna do

Osório, gritou que ele ia pagar por tudo que andava aprontando no colégio. Aí olhou pra gente e disse que tinha avisado. Ficou repetindo.

– Eu avisei, avisei, avisei bem avisado pra vocês não virem aqui. Mas vocês vieram, vieram. E eu avisei. Era só pra esse daí. Pra ele e pra quem pensa como ele.

O Osório se voltou pra nós, disse: *Mas essa guria é pirada mesmo.* Depois começou a rir e a caçoar dela. A Catarina, então, recolheu o livro do chão. A gente pensou que ela iria embora. Mas não. Ela começou a ler a ladainha de invocação aos mortos. Gritava palavras de volta à vida, de ressurreição, de vingança e não sei mais o quê. E o Osório ria, ria, só ria. Ria tanto, de se curvar sobre si mesmo. *Olhem isso, olhem isso,* ficava dizendo.

Até que.

Até que a gente ouviu, atrás de nós, um ruído de pedra quebrando, e eu, juro, juro por tudo que há de mais sagrado, que vi uma mão saindo de dentro de um túmulo. E depois da mão, um braço. A Marcele gritou. O Doug arregalou os olhos e a gente recuou. O Mauro Antônio, acho, ficou paralisado. Balbuciava alguma coisa, mas nada saía da boca metálica dele. E o Osório, distraído com o deboche contra a Catarina, não percebeu que alguns túmulos se abriam e que de dentro deles saiam umas criaturas fétidas. Mortos--vivos. Zumbis. E grunhiam e fediam e se aproximavam. Sei, sei que você que está lendo (se é que alguém achou estes meus escritos) deve estar duvidando de tudo, deve estar achando que isso é alguma pegadinha, alguma brincadeira de mau gosto. Mas não. Eu garanto. É tudo a mais pura e verdadeira verdade.

Bem, aí, o Mauro Antônio, recuperando a fala, chamou o amigo. Mas o Osório não atendeu, distraído que estava a rir da Catarina. Então, o Mauro Antônio sumiu por um dos corredores. Acho que fugia. Fugia como todos nós devíamos fazer.

– Vamos fugir daqui – gritou o Doug e, puxando a Marcele pela mão, desandou a correr. Eu corri atrás, depois passei por eles, sem nem saber se o Osório e o Mauro Antônio estavam correndo atrás da gente também. E a Catarina? E os zumbis? Corri, corri até o portão. Forcei, ele estava trancado. Ao olhar para trás, não vi meus amigos. Só o arrastar de pés. Aquelas criaturas estavam soltas das suas tumbas. E pareciam querer vingança. E infestavam o cemitério com seu bafo pestilento.

Um grito agudo elevou-se no cemitério. E eu fugi, fugi e me escondi aqui. A porta tá trancada, e eu, escondido no meio destas caixas velhas, aguardo que a manhã alvoreça. Não há morto-vivo que suporte o sol. Meu vô dizia isso. E eu fico rezando para que ele tenha razão.

A Catarina queria vingança. Agora sei. Soube de nossa aposta e resolveu atacar o Osório. Por isso,

pediu que eu não viesse ao cemitério. Tinha planejado tudo. Todavia, eu vim. Eu e meus amigos. Onde será que eles estão agora? Onde?

NA CASA DE PEDRA, UNS DIAS ATRÁS

CATARINA, AO PASSAR em frente à Casa de Pedra, viu a janela aberta. Desde pequena, sempre que passava por ali, sentia uma enorme vontade de entrar, de andar pelas peças da antiga casa. Ela era uma Feijó. E ficara muito triste quando seus antepassados colocaram a casa à venda. Andava, naquela tarde, cheia de tristeza. Aquilo que o Osório tinha feito na aula do sor Fausto não tinha sido legal. Debochar da cara dela daquela maneira. Por que ele agia daquele jeito? Merecia uma lição, era o que Catarina pensava ao se dirigir para casa após as aulas.

Então.

Então viu a janela aberta. Olhou ao redor. Nada de movimento na rua àquela hora. Jogou a mochila por sobre o portão de ferro baixo, pulou por cima. Seus pés pisaram o jardim todo tomado pelo mato. Foi até a porta: forçou, empurrou, mas ela não cedeu. Encaminhou-se à janela, pulou-a e se deparou com uma sala grande, enorme lareira ainda com a lenha preparada para o fogo. Muito pó sobre os raros móveis. Cortinas de renda despencando de tão velhas. Há quanto tempo aquela casa estaria desabitada? Sorriu. Ali seria seu esconderijo, seu canto seguro, seu paraíso para os deboches do Osório, para as risadinhas bobas do Mauro Antônio, para todas as palavras que ela ouvia sussurradas na boca dos colegas a dizer que ela era uma guria estranha, uma guria que gostava de coisas estranhas, que fazia coisas estranhas, que dizia coisas estranhas. Coisas como aquelas que ela falou sobre os zumbis.

Catarina seguiu caminhando pelos aposentos. Na sala, viu que enfiada na fechadura da porta principal havia uma chave. Moveu-a e a porta abriu-se, rangendo nas ferragens. Depois, encostou-a. Melhor que ninguém soubesse que ela estava ali. Ninguém.

Voltou-se e viu as escadas. Deveriam conduzir aos dormitórios. Subiu-as. No andar superior havia dois dormitórios vazios. E a biblioteca. Ou o que parecia ter sido uma. Lá, uma estante enorme, repleta de livros. Pelo visto, ninguém se interessara em levá-los dali. Escolheu um ao acaso, abriu pequena fresta na janela para que um pouco mais de luz iluminasse o ambiente. Leu. Era um livro de poemas do Augusto dos Anjos. Seu poeta preferido, o mesmo de quem a sora Tati lhe havia entregado um poema para que fotografasse. *Grande coincidência*, pensou Catarina.

E, ao recolocar o livro na estante, sem querer, deixou que um grosso volume caísse. Ou deixou ou ele mesmo se atirara da estante. Talvez ele (o livro) quisesse ser lido por ela, foi o que Catarina pensou depois, já em sua casa, já em sua cama. Pegou o livro do chão, leu-lhe o título: *Livro das invocações dos mortos*. E lá, na página 133, encontrou algo que a deixou extasiada: uma oração para chamar os mortos à vida. Abraçou o livro contra o peito. Se aquela oração fosse verdadeira, ninguém mais duvidaria dela.

Ninguém.

NO ESCONDERIJO

MEU NOME É FRED. Quer dizer, não é Fred. Mas é como se fosse. Meus amigos estão por aí, soltos por este cemitério: o Doug e a Marcele. E tem também o Osório, o Mauro Antônio e a Catarina. Todos por aí. Ou não. Sei lá. Vai que os zumbis os tenham pegado. Zumbis fazem dos humanos suas presas, a Catarina disse lá na aula do sor Fausto.

Então.

Então, vai que.

Bah, aí sei lá o que eu faço. Aliás, nada tenho a fazer a não ser esperar que a alvorada nasça. Aí estarei livre. E meus amigos também. Fico aqui torcendo para que eles também tenham encontrado algum esconderijo. E que, assim como eu, possam estar a salvo.

Os zumbis são pouco velozes, se arrastam. A fuga fica mais fácil.

A não ser. A não ser que a Catarina tenha invocado mais e mais e mais mortos-vivos. Aí, o cemitério viraria uma convenção de zumbis. Então, fugir nem pensar.

Nem pensar.

Me aproximo da porta de novo, espio pela fresta. Se pelo menos eu soubesse que horas são, ou quantas horas faltam pro sol nascer. Mas não sei. Não sei. Por isso temo.

Aí, ouço de novo um arrastar de pés. Sinto que se aproximam. Corro para o fundo do meu esconderijo, e rezo, e rezo. São eles, são eles, eles estão batendo na porta, estão forçando a porta, meu Deus, meu Deus, se alguém achar estas minhas anotações, por favor, conte para todos o que aconteceu neste cemitério. Eles estão empurrando a porta, o armário está cedendo, me acharam aqui, sentiram meu cheiro, será? Arrebentaram a porta, entraram. Sinto o fedor deles. Tomara que não me achem aqui neste canto, tomara que não me vej

NO CEMITÉRIO

A VOZ DE CATARINA a invocar os mortos inundou o cemitério. Sua voz e os risos de Osório. Ele, alheio ao que ocorria atrás de si e ao que assombrava os seus colegas: túmulos se abriam, lajes eram afastadas e criaturas do além, meio desconjuntadas, saíam de dentro das sepulturas malcuidadas do antigo cemitério. Espetáculo horripilante. Tão horroroso que fez com que Doug puxasse Marcele contra si. Os dois se abraçaram, buscavam proteção um no outro. Fred gritou para que fugissem, mochila caída ao chão, nada mais importando senão apenas escapar daquelas criaturas. Todavia, os pés pareciam não obedecer. O Mauro Antônio gritou:

– Osório, Osório – e correu por entre os túmulos. Doug puxou Marcele pela mão. Seus dedos eram garras nos dedos dela. Não podiam se separar. Ele sabia que não.

– Vamos fugir – ele gritou, e nós corremos em direção ao portão. Era a única saída possível daquele cemitério.

Agora, quem ria era Catarina.

Talvez por isso o Osório tenha contido o seu riso. Talvez por isso tenha se virado para trás. E o grito ficou preso na sua garganta: bem perto, perto, bem perto dele o bafo pestilento. Uma criatura horrenda, pele descolando do rosto, o mirava.

E Catarina ria. Ria muito.

NO ESCONDERIJO

ELES ENTRARAM. Eram dois. Fétidos, pútridos. Não falavam, grunhiam apenas. E meu coração, acho, parecia que ia estourar. Fechei os olhos e me mantive o mais quieto possível. O mais quieto, o mais quieto.

Até.

Até que o silêncio voltou a reinar. Acho que a lua havia rompido a fronteira das nuvens, pois uma claridade prateada entrava pela porta que eles deixaram aberta.

Então, me esgueirei até ela. Espiei pra fora. Ao longe, no corredor do cemitério, eles se arrastavam à procura de alguém. De mim? Dos meus amigos? Do Osório ou do Mauro Antônio? Meu maior medo é que tenham encontrado um deles. Ou todos. A Catarina avisou para que a gente não viesse, mas eu não dei atenção a ela. E agora? Ah, mas nada, nada mesmo justifica o que ela fez. Chamar os mortos apenas para mostrar ao Osório que ela tinha razão quanto à existência de zumbis. É, acho que ele jamais duvidará dela de novo. Jamais. Isso, claro, se na segunda-feira estivermos todos juntos de novo no Júlio.

Se estivermos. Tenho lá minhas dúvidas. Tenho. E se escrevo (acho que a caneta começa a acabar, o risco das letras já não está mais tão forte) é pra registrar tudo isso pra quem quer que queira ler, se um dia estes escritos forem encontrados. Termino meus registros aqui. Agora, acho, é hora de sair do esconderijo, de procurar meus amigos. Começo a perceber uma claridade maior. O dia vai nascer, a alvorada vai raiar, e tudo, tudo isso vai acabar. Se escrevo é também pra eu mesmo saber que isso não é um pesadelo qualquer. Não, não é. Vou esconder estes escritos aqui mesmo, debaixo destes tijolos. Amanhã, se tiver coragem (e se conseguir sair daqui, é lógico), venho buscar. Ou não. Sei lá. Ah, não é só o meu nome que inventei. Os outros nomes, todos aos que refiro aqui, também são falsos. Ninguém saberá quem somos, ninguém. Apenas nós mesmos saberemos o que vivemos aqui, nesta noite de sexta-feira, no cemitério antigo. Só nós. Se sairmos daqui, é claro. Se sairmos.

Vou lá. Coragem, Fred. Coragem.

NO CEMITÉRIO

FRED COLOCOU AS FOLHAS de papel debaixo de alguns tijolos. Jogou algumas caixas de papelão por cima. Tentou dar ao ambiente um ar de desleixo. Nada que levasse quem quer que fosse a suspeitar de que havia algo escondido sob aqueles tijolos.

Depois, respirou fundo. Aproximou-se da porta do depósito, cauteloso. Espiou para fora. No alto do céu escuro, a lua despontava. Ainda era ela a senhora das alturas, embora ele desejasse firmemente que ela fosse vencida pelo astro rei. *Luz, quanto antes, melhor*, pensou Fred.

Seus pés pisaram fora do esconderijo, temerosos. Arrastou-os, vagarosamente, como se fosse uma das criaturas invocadas pela Catarina. Porém, sabia que precisava avançar. Sentia-se tonto, ainda perplexo pela noite não dormida e pelas emoções vivenciadas.

Avançou. Não sabia ao certo para que direção ir. Havia muros altos dos dois lados. O portão seria para a direita ou para a esquerda? Mas, mesmo que soubesse a direção certa, pouco importava, o portão estava trancado, ele sabia. O melhor seria mesmo tentar pular o muro. Lá de fora, veio o ruído de um automóvel que se aproximava. E, embora o carro não tenha parado, Fred gostou de ouvi-lo. Sinal de que a cidade começava a acordar, sinal de que logo, logo a alvorada se faria.

Logo.

Seguiu caminhando com cuidado. Ouviu vozes. Alguém falava firme. Voz de mulher. Catarina. Fred aproximou-se cauteloso e viu: no chão, corpo encostado num jazigo, estava o Osório. Rosto tomado de pavor. E, de pé, em frente a ele, Catarina, livro preto nas mãos, dois zumbis ao lado (*Seriam os mesmos que invadiram o esconderijo de Fred?* – perguntava-se o garoto.), dizia, senhora de si:

– Eu não te disse, Osório? Não disse? Tu riu de mim, riu, riu. Agora quem ri sou eu. Tá vendo? Um morto-vivo, dois mortos-vivos. E pode ter mais, basta eu invocar. Ouviu?

Osório apenas sacudiu a cabeça em afirmação.

– Tá com medo, Osório? Ora, ora, o valentão da escola louco de medo. Quero que tu tenha muito medo mesmo.

– Deixa eu ir embora. Deixa.

– Nos filmes que vi, dizem que zumbis comem carne humana – disse ela. E Fred percebeu que o desejo maior de Catarina era mesmo apavorar o Osório. Percebeu também que, se aquele livro não desaparecesse, a Catarina o usaria outras vezes. E, naquele momento, parecia que tudo dependia dele. Apenas dele. Só dele. Por isso, tirando coragem sabe-se lá de onde, Fred avançou para o meio do corredor, deixou-se notar, chamou:

– Catarina.

A guria voltou-se para ele. Os olhos brilharam, pareciam mais aliviados. Talvez estivesse preocupada com ele e com os demais colegas. Talvez, assim como o Fred, tivesse dúvidas se os zumbis os tinham descoberto. Se sim, ela sabia (e Fred também), os amigos não teriam muita escapatória. Sem o comando de quem os invocou, os mortos-vivos não tinham freio. Freio nenhum.

– O que tu tá fazendo aqui? – ela perguntou. E os zumbis arrastaram-se na direção de Fred. Grunhiam. Porém, a um comando de Catarina, que ergueu a mão, eles pararam. Olhavam para ela como cachorros bem-mandados.

– Chega, Catarina. Acho que o Osório já aprendeu a lição – e, voltando-se para o colega, que agora chorava, atirado ao chão, disse: – Não aprendeu, Osório?

O outro tentou responder, entre soluços e pavor.

– Aprendeu é nada – determinou Catarina.

Fred olhou para o alto, percebeu que, entre nuvens cinzentas, o sol começava, timidamente, a lançar seus raios. Se conseguisse distrair Catarina por mais alguns minutos, quem sabe tudo não acabaria logo. Para o bem de todos. Ou não.

– Eles me entendem – disse Catarina. – Os zumbis me entendem. Não riem de mim, não debocham de mim. Nem nada.

Fred se aproximou mais um pouco. Sabia que precisava tomar o livro das mãos de Catarina. Somente assim aquilo poderia ter um fim. Porém, sabia também que precisaria esperar o sol estar mais alto no céu, precisava que a alvorada se anunciasse com mais força. Vô Pérsio. Lembrava-se das palavras de vô Pérsio a dizer que o além sempre é vencido pelo dia. Pela claridade solar. Fred contava com isso. Era necessário que o avô tivesse razão. Senão.

Senão.

– Onde estão o Doug, a Marcele? – perguntou, na tentativa de ganhar tempo.

– Não sei – disse Catarina. – Fugiram, acho. Ou se esconderam por aí. Ou foram achados pelos meus amigos fiéis. Eles não tinham que estar aqui, eu te avisei. Lembra? Mas vocês vieram. Não se importaram comigo ou com o que eu falei. Acho que vocês são todos iguais. Você, este outro daí que só sabe chorar e pedir perdão. E a Marcele, e o Doug, e todo mundo do colégio. E até os professores. E essa cidade. E o mundo.

– Calma, Catarina. Você tá chateada, eu entendo. Mas sei lá. Pra que fazer isso assim? Assim deste jeito? Vamos conversar, ora. Aí a gente se entende.

Um galo cantou ao longe, anunciando a chegada do dia. E outro galo. E mais outro. Todos eles tecendo a manhã.

– Entende é nada. Ninguém me entende. Ninguém. Nem minha mãe, nem meu pai. Eles dizem que o problema sou eu, que tenho que ir num médico. Dizem um monte de baboseiras. E querem ir embora da cidade. Querem ir pra Porto Alegre. Eu não quero. Não quero, não.

Fred chegou mais próximo, aproveitou-se de que a colega ficou falando, falando, meio imersa nas suas dores. Os olhos dos zumbis (olhos sem vida) o seguiam, o mediam. O cheiro, agora, era mais forte, mais nauseabundo. A ânsia de vômito era tremenda. Todavia, Fred seguiu adiante em seu plano. Aproximou-se da colega e, num salto, apanhou o livro de suas mãos. Num primeiro momento, Catarina se deixou tomar pela surpresa. Depois, gritou. Havia muita raiva em seu rosto.

– Meu livro – ela disse. – Meu livro.

E Fred correu. Sabia que tinha que correr até que o sol nascesse. Até que a luz invadisse o cemitério e o calor do dia desabasse sobre os mortos-vivos que o perseguiam, arrastar de pés cada vez mais firmes, mais velozes. Atrás de si, grudados aos seus ouvidos, os gritos de Catarina: Meu livro, meu livro!

E foi então, meio como palavra mágica, que Fred ouviu seu nome. E uma mão agarrou-se ao seu tornozelo e puxou-o para dentro de uma catacumba aberta.

– Fica quieto – disse uma voz conhecida. E ali, bem perto de seu rosto, ele viu o rosto de Doug e de Marcele. Alívio maior.

Alívio que durou pouco.

Sobre o rosto deles, surgiu a cara desmontada dos dois zumbis. E havia, no pouco de expressão que podiam demonstrar naquelas carantonhas esverdeadas, um misto de raiva e de gula.

Nada disseram. Ficaram parados, olhos nos olhos dos monstros, aguardando a desgraça.

Todavia.

Todavia o sol, num repente, quebrou a fronteira de nuvens e lavou o cemitério de luz. Luz quente. Que caiu sobre os zumbis e fez com que esfumaçassem fumaça fétida, nojenta. Corpos que fugiam para dentro de suas catacumbas.

Voltavam para o lugar de onde jamais deveriam ter saído.

– Acabou – disse Fred. E os amigos se abraçaram.

Então, saíram à procura dos outros. Porém, encontraram apenas o Osório, que estava lá, no mesmo lugar, curvado sobre si mesmo, como se ainda temesse qualquer aparição de outros zumbis.

Ergueram o colega, dirigiram-se para o portão, que, agora, estava aberto. Na calçada, ouviram um grito atrás de si. Era a Catarina.

– O meu livro – ela pediu. – Devolve o meu livro, Fred.

Mas Fred não respondeu. Seguiram firmes pela rua, deixando que o calor do sol caísse sobre o rosto deles. Não diziam nada, iam cúmplices, ainda incrédulos ante aquela noite de sexta-feira. Ao longe, ainda ouviram, atrás de si, a pergunta de Catarina.

– O que tu vai fazer com o livro?

Fred não disse nada. Apenas segurou o livro mais firme contra o peito.

NO DIA SEGUINTE

MAURO ANTÔNIO:

– Cara, acho que tive um pesadelo lá no cemitério. Meu, eu via uns mortos saindo das tumbas e quem os invocava era a Catarina.

Osório:

– Bah, cara, tu pirou legal.

Mauro Antônio:

– Sei lá. Acordei atirado lá num corredor e nenhum de vocês tava lá.

Osório:

– Pois é, dei pela tua falta. Tu disse que ia tentar achar um lugar para fazer xixi e sumiu. Achei até que tinha desistido de passar a noite no cemitério.

Mauro Antônio:

– Cara, que coisa mais estranha.

Osório:

– Aham.

Mauro Antônio:

– Tudo parecia super-real.

Osório:

– Sonhos são meio assim.

Mauro Antônio:
– Pois é. Tá, mas afinal quem ganhou a aposta?
Osório:
– Empate.

NA MANHÃ DE SEGUNDA-FEIRA

A SORA TATI ENTROU em sala, preparou a multimídia e disse que o dia era para cada colega apresentar sua foto e seu poema.

– Ah, mas antes quero lhes dar uma notícia. A Catarina não será mais colega de vocês. Hoje sua mãe veio à escola e disse que eles estão saindo da cidade. Parece que irão morar em Porto Alegre. Mas com certeza ela, de vez em quando, aparecerá por aqui pra visitar o Júlio. Não é?

Fred e os colegas se entreolharam. De fato, depois daquela noite no cemitério, nada mais seria igual na vida deles. E nem na da Catarina.

– Mas, enfim – disse a sora Tati –, quem apresenta primeiro sua foto e seu poema?

Depois de um breve momento de silêncio, Manuela se ofereceu:

– Eu, sora. O meu poema é de uma escritora chamada Florbela Espanca. E é um soneto de amor. A foto que eu escolhi foi de um casal de namorados que eu vi na praça João Goulart. E o poema diz assim:

> Minh'alma, de sonhar-te, anda perdida
> Meus olhos andam cegos de te ver!
> Não és sequer razão de meu viver,
> Pois que tu és já toda a minha vida!
>
> Não vejo nada assim enlouquecida...
> Passo no mundo, meu Amor, a ler
> No misterioso livro do teu ser
> A mesma história tantas vezes lida!

NA TARDE DE SEGUNDA-FEIRA

FRED CAMINHA SOZINHO pelas margens da Lagoa do Cocão. Nas mãos, traz um embrulho. Relembra o que fez em casa: colocou o livro dentro de um saco plástico; depois, amarrou-o a um tijolo bem pesado. Enrolou tudo em jornais. Sabia que aquele livro não podia ser encontrado por mais ninguém. Sabia.

Aproximou-se das águas. E atirou o pacote o mais longe que pôde. O baque surdo na água. O mergulho para sempre no fundo do Cocão. Lá, o melhor lugar para sepultar o livro preto. O livro da invocação dos zumbis.

Sentou-se na grama e ficou observando a lagoa. Parecia tão calma. Ninguém jamais acreditaria que ela guardava um segredo. Segredo que ele e os colegas, no trajeto para casa, depois da noite temerosa, resolveram manter. O pacto era simples: não revelarem a ninguém o que viveram no cemitério. Jamais. O que diriam seus colegas, seus pais, seus professores se soubessem daquilo?

Melhor não.

Melhor.

E Fred estava ali, pensando se voltaria ou não ao cemitério para pegar seus registros daquela noite, quando viu uma bicicleta que se aproximava. Aí, o sorriso da guria que a conduzia foi sol a iluminar mais ainda sua tarde.

– Oi – disse Manuela. – Tudo bem contigo?

Fred sorriu:

– Aham. Muito bem.

– Gostou do poema que eu li na aula?

– Bastante – respondeu Fred.

E ficaram se olhando.

E ficaram querendo dizer coisas.

E ficaram sorrindo um para o outro.

Sorrisos que pareciam prometer uma nova alvorada para os dois.

CAIO RITER

Nasci no dia 24 de dezembro, data que muita gente acredita ser mágica. Quando era guri, as histórias repletas de assombrações sempre me atraíram. Acredito que o sobrenatural exerça uma enorme força sobre a fantasia. Assim, quando resolvi escrever uma história que se passasse num cemitério, acabei criando o Fred (ou seja lá que nome ele tenha) e o mergulhei numa aposta meio sinistra. Ora, passar a noite em um cemitério poderia apenas ser bizarro, porém, se os jovens que lá fossem se deparassem com seres do outro mundo, aí a coisa ficaria bem mais eletrizante.

Sou casado com a Laine e temos duas filhas: Helena e Carolina. Sou professor, escritor e doutor em Literatura Brasileira. Saiba mais do meu trabalho em: <www.caioriter.com>.

TIAGO SOUSA

Nasci em São Paulo, em 1987, e sempre me interessei por desenho, mas só depois que me formei como técnico em Artes Gráficas, em 2009, que comecei oficialmente meus estudos e pude então me dedicar integralmente às ilustrações.

É sempre divertido poder desenhar com tamanha liberdade, ainda mais um tema sombrio, sobre o qual posso explorar a luz e a sombra de um modo de que gosto muito.

Este livro foi composto com a família
tipográfica Charter e Special Elite para
a Editora do Brasil em 2017.